GENEVIÈVE ET MARCELIN

4e SÉRIE IN-8°.

J. N. BOUILLY

GENEVIÈVE ET MARCELIN

OU

LES JUMEAUX DE LA BEAUCE

LIMOGES
EUGÈNE ARDANT ET Cie, ÉDITEURS.

GENEVIÈVE

ET MARCELIN.

Geneviève et Marcelin étaient nés le même jour, de la femme d'un charron nommé Asselin, habitant du village d'Arthonay, à cinq lieues d'Orléans, sur les confins de la Beauce, pays renommé pour la fertilité de ses plaines, et vulgairement appelé le *grenier de la France*. Elevés par la mère la plus tendre et le meileur des pères, le frère et la sœur prirent dès l'enfance l'habitude de s'aimer, de se le dire et de se le prouver. Jamais deux enfants n'avaient été plus intimement unis ; et ce développement de leur penchant mutuel faisait chaque jour la joie et le bonheur de leurs parents. Asseline, très-habile ouvrier chez le charron le plus en vogue du pays, gagnait amplement de quoi pourvoir aux besoins de sa famille, et son excellente femme le secondait en travaillant de son côté à faire des blouses pour les nombreux rouliers qui passaient ou s'arrêtaient dans le village d'Arthenay. Tout prospérait dans cet heureux ménage, lorsque le laborieux Asselin mourut d'une blessure grave qu'il s'était faite en travaillant. Sa femme, inconsolable, ne tarda pas à le rejoindre dans la tombe ; et les deux jumeaux, alors âgés de douze ans, furent recueillis par le maître charron chez qui travaillait leur père, et traités par lui comme ses propres enfants. Il est au village de ces adoptions qui sont regardées comme un devoir de famille : il semble que ceux qui habitent sous le chaume soient garants les uns des autres, et se regardent comme les dépositaires des orphelins qui se trouvent parmi eux sans ressource et sans appui.

Marcelin devint donc un apprenti charron, et ne tarda pas à se faire distinguer par son adresse et son ardeur au travail. Geneviève s'occupait à faire la soupe aux ouvriers, à vaquer aux soins domestiques, et, à tous les moments qu'elle pouvait dérober à ses occupations, elle essayait de confectionner, comme feue sa mère, des blouses pour les rouliers voyageurs. Le frère et la sœur passèrent ainsi près de cinq ans, lorsque leur père adoptif mourut et les laissa sous l'autorité de son fils aîné, qui lui succéda dans son établissement de charronnage. Mais celui-ci fut loin d'avoir pour les deux pauvres jumeaux les mêmes bontés, les mêmes égards. Il exigea de Marcelin des travaux au-dessus de ses forces, et voulut astreindre Geneviève aux occupations les plus pénibles, les plus humiliantes. Ils se virent donc forcés de se séparer du fils de leur bienfaiteur, et cherchèrent ailleurs du service et du travail ; mais ils ne s'étaient jamais quittés, et ne pouvaient vivre l'un sans l'autre : on eût dit qu'ils avaient le même mouvement, la même respiration, une même existence. Ils furent donc quelque temps exposés aux souffrances du besoin. Marcelin, déjà connu comme habile ouvrier, trouvait bien de l'ouvrage dans les différentes fermes des environs: mais il eût fallu s'absenter pendant des semaines entières et se séparer de Geneviève : il n'en avait pas le courage. Celle-ci, de son côté, pouvait de même s'occuper toute la journée chez une ouvrière de village ; mais qui est-ce qui aurait préparé les modestes repas de Marcelin, blanchi son linge, nettoyé ses vêtements ? Elle seule s'était imposé cette douce occupation : y renoncer était au-dessus de ses forces. Voilà donc les deux jumeaux, âgés d'environ dix-huit ans, réduits, par amour fraternel, à un état voisin de la misère, et se soutenant l'un l'autre comme deux arbrisseaux enlacés qui résistent mutuellement à la fureur des vents. Un riche fermier du voisinage, touché de leur position et du tendre attachement qu'ils se portaient, leur proposa de venir s'établir chez lui, Marcelin comme ouvrier charron, et Geneviève en qualité de fille de basse-cour. Ils acceptèrent chacun cet emploi, sans même s'inquiéter des gages qu'on leur donnerait, tant ils étaient ravis de pouvoir habiter sous le même toit, se voir à tous les repas, se presser la main en passant, et resserrer encore, s'il était possible, le lien qui les unissait. Ils passèrent ainsi cinq ans encore, aimés, estimés de leur maître, et se proposaient de rester toujours auprès de lui, lorsqu'un événement cruel vint troubler le cours d'une aussi douce existence.

On était au temps de la moisson, époque où, dans la Beauce, tous les agriculteurs redoublent de travail et d'assiduité. Marcelin, sans cesse occupé d'entretenir les chariots de la ferme en état d'un service actif, était à l'ouvrage dès le lever de l'aurore; il ne se reposait que lorsque, le soir, on avait déchargé les gerbes nombreuses dont il aidait à composer les meules énormes que les fermiers élèvent dans leurs champs fertiles. Chacun alors met la main à l'œuvre. Marcelin, d'une force remarquable et d'une extrême agilité, était hissé jusqu'au sommet d'une meule très-élevée, et s'occupait à poser le chapiteau de paille propre à le préserver des infiltrations de la pluie. Il mettait d'autant plus de zèle à terminer son ouvrage que l'horizon paraissait chargé de nuages sombres, et déjà de larges gouttes d'eau commençaient à tomber. Mille éclairs sillonnaient la voûte du ciel; la chaleur était extrême et l'on entendait siffler les vents du midi, qui semblaient annoncer un grand orage. En effet, la foudre tantôt se dissipait en éclats dans les airs, tantôt lançait ses feux dévorants sur l'immense étendue des plaines couvertes de moissons. Là, aucun arbre ne peut servir d'abri, aucune retraite ne s'offre à l'œil pour refuge. Marcelin, désirant terminer son travail, redouble d'ardeur; tout-à-coup le ciel s'ouvre, et la foudre, tombant sur la meule où s'était cramponné ce malheureux, le renverse sans mouvement, sans respiration, sur des gerbes jetées pêle-mêle pour former une autre meule, ce qui l'empêcho d'être écrasé dans sa chute sur le sol durci par les rayons du soleil.

Tous les gens de la ferme, qui travaillaient avec lui, s'étaient jetés de frayeur la face contre terre, se croyant foudroyés; mais bientôt, revenus de leur terreur, ils entourent le pauvre Marcelin sans connaissance, et lui portent tous les secours qui sont en leur pouvoir. Un soupir qui lui échappe annonce qu'il n'est pas mort; cependant son coup d'œil paraît égaré : il voudrait parler, mais il ne peut proférer un seul mot. Il porte les mains à sa tête et semble la désigner comme le siége de sa souffrance. On l'examine, et l'on ne découvre aucune contusion, aucune blessure ; on le soulève, il ne peut se tenir sur ses jambes et s'évanouit de nouveau. On le charge alors sur un des chariots, et l'on gagne les bâtiments de la ferme, où l'on était allé prévenir Geneviève de ce funeste événement et préparer par degrés son âme aimante au coup affreux qu'elle allait recevoir.

Elle quitte à l'instant même ses occupations, et vole au-devant de son frère en poussant des cris déchirants ; elle aide à descendre le blessé, dont elle appuie la tête contre son sein, et le dépose sur un lit avec le secours de tous les gens de la ferme. Les yeux attachés sur son cher jumeau, comme lui elle respire avec effort et attend qu'il donne le moindre signe d'existence. Le pauvre asphyxié paraît peu à peu revenir à la vie ; mais son regard est convulsif, il ne s'arrête sur aucun des objets qui l'entourent. Enfin il regarde Geneviève, et un léger sourire se fait remarquer sur ses lèvres décolorées. « Il me reconnaît !

s'écrie la tendre sœur; le ciel permet qu'il vive encore, et me f'ra la grâce de l' sauver par mes soins et par mes caresses... Ah! je sens que je n' lui survivrai pas, et c'est bien naturel; quand on a r'çu la vie ensemble, on doit la quitter d' même... » La voix de Geneviève a pénétré jusqu'au fond du cœur de Marcelin; il voudrait parler, rassurer cette sœur chérie; mais sa langue est paralysée, il ne saurait proférer une parole. Tout ce qu'il peut faire, c'est de porter à son front une main défaillante et d'exprimer par signes que c'est là qu'il éprouve une vive douleur. Bientôt enfin il se met sur son séant, remue facilement les bras, ce qui prouve que l'asphyxie se dissipe et fait espérer qu'il retrouvera l'usage de ses membres. Pour s'en assurer, on le soulève, on l'appuie doucement sur ses jambes; mais elles fléchissent tout-à-coup sous lui, et paraissent privées de tout mouvement. Enfin arrive le médecin du canton, homme d'un grand savoir et d'une longue expérience; il passe une heure entière auprès du foudroyé, dont il ne peut obtenir aucune réponse aux questions qu'il lui adresse sur tout ce qu'il éprouve, et déclare que la foudre, en le frappant, lui a paralysé la tête et la partie inférieure du corps. « Toutefois, ajoute cet homme de l'art, le signe de douleur qu'il exprime en portant la main à son front, annonce qu'il comprend ce qu'on lui dit, et j'ai le plus grand espoir de le voir reprendre toute sa raison. »

En effet, au bout d'une semaine, le malheureux balbutia quelques mots, dont les premiers furent : « Geneviève !... Ma sœur ! » Oh ! quelle joie pour celle-ci, de s'entendre nommer par son compagnon de naissance ! C'était le plus doux prix de ses soins constants, assidus : son frère ne serait donc plus un automate, ne pouvant exprimer aucun sentiment, aucune pensée; il commençait à parler, il ne tarderait pas sans doute à reprendre l'usage de ses jambes. Chaque jour celui de ses bras faisait des progrès sensibles; à ces mots de : Geneviève, ma sœur, il ajoutait ceux-ci :

— Chère amie !... mon s'cours, mon soutien... ah ! prends pitié de moi !

— Oui, j' te rendrai la force et la santé, s'écriait la jeune fille ; oui, j' te ranimerai par mes caresses, par mon haleine... Du courage, ami, du courage! Dieu n' nous abandonn'ra pas.

En achevant de parler ainsi, Geneviève prenait doucement la tête de son frère et voulait le couvrir de baisers; mais sitôt que ses chastes lèvres lui touchaient le crâne, le malheurex poussait des cris affreux et retombait dans une horrible convulsion.

Le médecin, nouvellement consulté, déclara que ce n'était qu'avec du temps et les plus grands ménagements qu'on pourrait calmer l'irritation des muscles du cerveau, mais qu'il était à craindre que la paralysie des jambes fût incurable. Cet arrêt, tout en déchirant le cœur de Geneviève, ne fit qu'augmenter son dévouement et ses soins. Elle obtint sans peine un petit coin séparé dans la ferme, où l'on établit le lit du pauvre paralytique; elle y passait toutes les nuits sur un grabat, afin de lui porter les secours dont il avait besoin, et, pendant le jour, tous les instants qu'elle pouvait dérober à ses pénibles travaux, elle les employait à soigner son frère, qui reprit entièrement l'usage de sa raison, de ses bras et de ses mains ; mais la moindre secousse lui causait au cerveau le spasme le plus douloureux, et la partie inférieure de son corps était toujours dans un état de paralysie complète.

Il passa l'hiver entier de 1825 dans cette cruelle position, gémissant sur son sort en demandant à Dieu de lui ôter la vie pour ne pas être à charge aux personnes qui l'entouraient, et princip lement à sa sœur, dont il épuisait les forces, flétrissait la jeunesse, détruisait l'existence.

— Tu veux donc ma mort ? lui disait alors Geneviève fondant en larmes. Est-c' que j' pourrais rester sur la terre si tu l'avais quittée ? Est-c' que formés à la fois dans l' même sein maternel, nous n'avons pas un' seule âme, un' seule vie ? R'garde dans nos champs, deux épis sortis du même grain d' blé, et qui s' sont enlacés en grandissant, impossible au moissonneur de couper l'un sans abattre l'autre ; il en est d' même d' Geneviève et d' Marcelin : comme les deux épis, ils tomb'ront du même coup d' faucille... C'est si vrai, vois-tu, mon frère, qu'il y a des moments où ma cervelle fermente comme la tienne, où j' sens mes pauvres jambes fléchir sous moi.

— Je l' crois ben ; mais c'est d' fatigue, lui répondait le paralytique : tu n'as de repos ni le jour ni la nuit.

— Oh ! l' ciel m'a donné d' la force ; l' travail ne m' fait pas peur. Et puis c't espoir de te r'mettre sur pied, de t' voir reprendre ton métier d' charron, ça m' donne tant d' courage !... faut m' seconder, cher ami, faut croire, comme moi, que si Dieu t'a frappé de sa foudre, c'est qu'il t'avait pris pour un méchant ; mais s'apercevant que tu étais le meilleur des humains, l' plus tendre des frères, il n'a pas voulu t' séparer de Geneviève, et l'a chargée de réparer le malheur que tu n'avais pas mérité. C'est un coup de vent qui renverse nos moissons sur leur tige ; mais bientôt elles se relèvent grâce aux rayons du soleil, et n'en reprennent que plus de vigueur.

Ces encouragements de la jeune fille la plus aimante et la plus sensée produisaient un effet salutaire sur l'imagination du paralytique. Il se livrait à l'espoir d'une guérison complète, et pour ne pas perdre tout-à-fait l'habitude du travail, il s'occupait, assis dans un vieux fauteuil, à former avec ses outils, dont on l'environnait, et les morceaux de bois nécessaires, plusieurs petits chefs-d'œuvre de charronnage qui, tout en occupant ses loisirs, lui faisaient exercer son adresse et conserver la main-d'œuvre de son métier. Il était parvenu à faire un petit chariot à quatre roues et monté sur quatre ressorts, sur lequel il avait l'espoir de se faire traîner à l'église le dimanche par quelque garçon de ferme. Il avait confié son secret à Geneviève; elle lui avait procuré tout ce qu'il fallait pour la confection de ce chariot, vrai modèle en son genre, et auquel son projet était de s'atteler elle-même la première fois que Marcelin serait en état de se rendre à l'église d'Arthenay, éloignée d'une demi-lieue de la ferme. Ils en firent tous les deux l'essai : le pauvre infirme, placé par sa sœur sur le char agreste avec les plus grandes précautions, fut traîné par elle et parcourut plusieurs circuits sur la pelouse qui précédait les étables, sans qu'il en ressentît la moindre incommodité, mais sitôt que le chariot roulait sur la terre raboteuse où se trouvaient quelques cailloux, la secousse qu'éprouvait le malade lui faisait jeter des cris perçants, tant la douleur qu'il éprouvait au crâne était vive et lancinante. Impossible, par ce moyen, de le traîner sur un chemin pavé, c'eût été l'exposer à de graves accidents.

Cependant le jour de Pâques arriva : Marcelin ne pouvait dissimuler l'ardent désir qu'il éprouvait d'assister au service divin, et sa sœur n'en ressentait pas moins d'envie que lui; mais pour gagner l'église il fallait traverser la place du village entièrement pavée; et quoique le chemin de la ferme à Arthenay fût uni comme une allée de jardin, il était indispensable de traverser environ deux cents pas dont le sol était couvert de ces larges pavés d'Etampes qui causeraient au paralytique des secousses qu'il n'était pas en état de supporter. Mais l'amour fraternel est ingénieux et sait lever tous les obstacles. Geneviève, que son courageux dévouement rendait si chère et si intéressante à tous les gens de la ferme, et surtout à leur maître, obtint de ce dernier de faire conduire à l'endroit où commençait le pavé du village une trentaine de bottes de paille qui formeraient une litière couvrant l'espace à parcourir jusqu'au temple, et sur laquelle on pourrait faire rouler le chariot de son malheureux frère sans qu'il éprouvât la moindre secousse

Tout fut exécuté comme l'avait désiré cette excellente fille.

Les garçons de la ferme se firent un devoir de la seconder dans ce touchant pèlerinage.

Dès neuf heures du matin, le sentier pavé fut couvert d'une litière abondante. Les habitants du village étaient en haie de chaque côté, se disposant à féliciter la jeune fille. Elle ne voulut céder à personne l'honneur de traîner son frère; se plaçant donc, modestement vêtue, dans les brancards du chariot, et s'y attelant par une sangle de cuir, le cœur épanoui de joie, elle roule Marcelin avec la plus grande précaution, et sans lui faire éprouver la moindre douleur, jusqu'à l'entrée de l'église, où le pasteur du lieu, qu'on avait instruit de tout, avait donné ordre qu'on fît entrer le frère et la sœur comme le plus beau modèle de la charité chrétienne. Geneviève était confuse et tremblante de tous les regards qu'elle attirait sur elle, de tous les serrements de main qu'elle recevait des jeunes filles, des félicitations que lui adressaient à demi-voix les chefs de famille ; mais ce qui pénétra le plus avant dans son cœur, ce fut le vénérable curé qui, jetant l'eau sainte sur tous ses paroissiens, bénit particulièrement Geneviève et Marcelin, et dit à celle-ci d'une voix paternelle : « Courage, ma fille !... Dieu vous approuve et vous protége. » Oh ! que ces paroles produisirent d'effet sur elle ! Quelle honorable et sainte récompense elle recevait de ses veilles, de ses sacrifices ! Comme il est expressif, le regard mouillé de larmes que le jeune infirme attache en ce moment sur sa sœur. Avec quelle ferveur touchante il prie Dieu de la récompenser de tout ce qu'elle a fait pour lui ! Le moyen qu'une semblable prière ne soit pas exaucée !... Enfin l'office est terminé : Geneviève remet sur son épaule et sur son sein la sangle attachée au chariot : c'est en vain que les garçons de ferme qui l'entourent lui proposent de traîner son frère ; aucun d'eux ne saurait comme elle éviter au paralytique la moindre secousse; aucun d'eux n'a les yeux perçants d'une tendre sœur pour apercevoir un caillou, le bord d'une ornière, pouvant occasionner ce spasme affreux qui produit de si vives souffrances. Le dépôt dont elle est chargée par le ciel lui devient trop cher et trop sacré pour le confier à tout autre; et ces touchantes paroles du pasteur retentissent encore à ses oreilles : « Courage, ma fille!... Dieu vous approuve et vous protége. »

Marcelin passa le reste du printemps en proie aux mêmes souffrances, à la même infirmité. On était à la fin du mois de mai; l'espérance que les beaux jours rendraient à Marcelin plus de force et d'agilité s'était évanouie, et, se résignant à son sort, le jeune paralytique était convaincu que de sa vie il ne retrouverait l'usage de ses jambes. Un jour que Geneviève l'avait conduit au village, il est accosté par un ancien militaire qui, depuis peu de jours, était venu visiter un de ses parents, hôtelier au village d'Arthenay. Ce brave homme lui fait plusieurs questions sur son infirmité, et lui confie qu'atteint lui-même, à la bataille d'Eylau, d'un éclat d'obus, il avait été, comme lui, privé de l'usage de ses jambes pendant deux ans entiers, et sujet à un spasme cérébral qui avait failli lui faire perdre à jamais la raison. Il ajoute que, de tous les remèdes qu'il avait employés, aucun n'avait réussi ; que celui des bains de mer, pris pendant un été entier, en observant de plonger la tête la première et d'y recevoir, tout le temps que la force le permettait, les douches nombreuses que chaque vague fait passer sur le crâne, dont elles fortifient peu à peu les muscles, en calment l'irritation et les rétablissent dans leur état naturel.

— J'y fus porté presque mourant, dit le vieux brave, dans une litière que me prêta mon colonel, et au bout de quinze jours mes forces commencèrent à renaître ; l'appétit revint, et avec lui la gaieté, l'espoir d'une guérison complète qui se réalisa deux mois après. Je ne marchais d'abord qu'à l'aide de deux béquilles ; bientôt une seule me suffit, et le 3 septembre, je n'oublierai jamais ce jour-là, j'eus la jouissance d'aller de mon pied à un quart de lieue de la ville. Je revins, toujours à pied, rejoindre l'établissement des bains, et trois semaines après, je fus en état de prendre place dans une diligence et de regagner le pays, gaillard et dispos, tout ainsi que j'ai l'avantage de paraître en ce moment devant vous.

— Et dans quel endroit s' trouve un établissement si précieux? demande le paralytique avec un vif intérêt.

— A Boulogne-sur-Mer, sur la route de Calais, à quatre-vingts lieues d'ici.

— Quatre-vingts lieues! Si c' n'est que là que j' dois trouver ma guérison, j' suis bien certain d' rester infirme jusqu'à la fin d' mes jours.

— Tâchez de vous y faire transporter, reprend le vieux soldat, et je réponds d'une guérison complète.

— Quoi! je r'trouverais mes pauvres jambes! s'écrie Marcelin, je pourrais r'prendre mon métier, gagner mon pain par mon travail et soulager ma sœur!... Mais non, tant de bonheur n'est plus fait pour moi.

— Si je fus guéri radicalement à cinquante

ans, vous avez à votre âge bien plus de chances favorables !

— Eh ! comment voulez-vous que j'entreprenne un aussi long voyage ? La moindre secousse m' cause une douleur à m' faire perdre connaissance ; impossible, à c' moyen, d' monter en voiture publique, en chaise d' poste, même la plus douce. I' faudrait donc deux hommes pour me porter à bras, et ça pendant quatre-vingts lieues d' marche... Non, non, je suis condamné à rester paralytique, et j' me résigue à la volonté du ciel, à qui j' ne demande qu'une seule grâce, c'est d'abréger ma vie, qui d'vient un trop grand fardeau pour ceux qui m'entourent, et surtout pour moi-même.

Pendent cet entretien, Geneviève garda le plus profond silence ; mais l'expression de sa figure annonçait que son imagination concevait quelque projet. Elle prit du vieux soldat, à l'insu de son frère, plusieurs renseignements sur la localité des bains de mer, sur l'époque la plus favorable pour les prendre, sur les moyens de faire la route aux moindres frais possibles ; en un mot, elle parut former un plan sérieux et combiné, qu'en effet elle ne tarda pas à mettre à exécution. Le 8 juin était la fête de la naissance des deux jumeaux : ils n'avaient jamais manqué de la célébrer, en allant faire ensemble un petit pèlerinage à une ancienne chapelle vouée à sainte Geneviève, qui se trouvait justement à une lieue d'Arthenay, sur les bords de la route de ce village à Toury.

Le printemps était au moment de faire place à l'été ; la nature était dans tout son éclat, et le soleil avait réduit en poussière la boue des grands chemins, dont les cotés latéraux forment à cette époque, sous les grands arbres qui les abritent, une espèce d'allée de parc. La jeune fille propose donc à son frère, la veille au soir, d'exécuter leur pieuse station. Marcelin s'y refuse, à moins que l'un des garçons de ferme n'aide à sa sœur à l'y traîner. Celle-ci soutient qu'elle n'a besoin de personne, et, qu'en partant de grand matin, ils seront arrivés à la chapelle vers sept heures pour y recevoir la bénédiction du chapelain. « Je n' sais quoi m'assure, ajoute Geneviève, qu' ça nous portera bonheur : ce n'est pas en vain qu'on invoque sa patronne. La mienne, m'a-t-on dit, n'était, comme moi, qu'une simple villageoise, une modeste fille des champs, qui sauva, par ses prédictions, la capitale de la France; elle pourra p't-être nous prédire ta guérison. Oh! j' vais si bien la prier, la consulter!... Marcelin, tu n' saurais m' refuser d' remplir avec moi c' devoir religieux, auquel nous n'avons jamais manqué. Sois tranquille, cher ami, j' te traînerai si doucement, et avec tant d' précautions, qu' tu n'éprouveras pas l' plus p'tit accident. Il me faut, j'en conviens, deux grandes heures pour faire une lieue de chemin, attelée au chariot, parc' qu'enfin j' serai forcée de r'prendre haleine de temps en temps. Mais en m' précautionnant d'une large bricole rembourrée d' linge, d' mon grand chapeau d' glaneuse et d' souliers minces, j' ferai la route sans trop m' fatiguer, et j'aurai rempli le vœu l' plus ardent que j'aie encore fait d' ma vie... A d'main donc, frère! Surtout n' parle à personne d' notr' projet : nous d'vons êtr' seuls dans ce pieux pèlerinage... J' m'en fais d'avance une grande fête. et vrai, je s'rais bien trompée si nous n'en retirions pas quéqu' consolation. »

Geneviève prit, en effet, toutes les précautions pour accomplir le grand dessein qu'elle avait conçu : elle fit faire, chez le bourrelier du village, une double bricole en cuir bien solide, se munit de deux paires de chaussures faciles à la marche, et, dès que le crépuscule du matin vient éclairer l'horizon, elle réveille son frère, qui dormait paisiblement, et le dispose à prendre sa place accoutumée sur le chariot, l'ouvrage de ses mains, et qu'en ce moment la jeune fille n'eût pas échangé contre le char de triomphe que montaient les héros de Sparte et de Rome. Personne encore n'était debout dans la ferme ; Marcelin, vêtu de ses habits du dimanche, s'aperçoit que sa sœur n'a que ceux qu'elle porte dans les jours de travail ; mais celle-ci, déposant derrière le paralytique un paquet en forme de coussin sur lequel il s'appuie, lui dit qu'il contient ses habits de fête, dont elle se vêtira lorsqu'ils seront arrivés à leur destination. Elle s'attelle donc au chariot avec une ivresse qui se peint sur sa figure expressive, met un genou en terre, adresse tout bas au ciel une fervente prière, se relève et traverse dans les champs un sentier qui conduit à la grande route.

— Pas si vite! lui criait Marcelin, pas si vite! Tu vas t'essouffler au point de n' pouvoir achever notre course.

— T'as raison, l'ami, lui répondait Geneviève, c'est l' cœur qui m'emporte, vois-tu... mais j' vais m' modérer, car nous avons du ch'min à faire...

Elle règle donc sa marche, et, se retournant vers son frère, lui demande s'il n'éprouve pas quelque secousse.

— Aucune, répond celui-ci, ça roule comme sur une allée d' parc.

Vers six heures et demie, en effet, ils arrivent à la chapelle, Marcelin n'ayant pas éprouvé la moindre douleur, et Geneviève couverte de sueur et de poussière, mais heureuse et triomphante du succès qu'elle venait d'obtenir. Elle roule son frère sous le portique de l'ancienne église, et tous les deux ils assistent avec recueillement à l'office, célébré par un vénérable chapelain couronné de cheveux blancs. Marcelin remarque sa sœur, continuellement prosternée et ne cessant de prier avec une ferveur accompagnée de douces larmes.

— Comme t'es émue, Geneviève ! I' s' passe en toi queuqu' chose d'extraordinaire.

— Je n' saurais te l' cacher, ma patronne vient de m' faire une révélation qui m' saisit d' joie et redouble mon courage.

— Comment ça ?

— Figure-toi qu'ell' prétend qu' c'est moi seule qui doit opérer la guérison.

— Par quel moyen ?

— En te traînant moi-même à ces bains de mer...

— A quatre-vingts lieues d'ici !... Tu n' pourras jamais.

— Oh ! qu' si fait... on a tant d' force quand il s'agit d' sauver son frère jumeau !

— Et qu'est-c' qui fournirait à not' dépense pendant c' long voyage ?

— J'ai là, dans un p'tit sac de peau pendu à mon cou, cinq pièces d'or que j' suis parvenue à économiser sur mes gages; c'est plus qu'il ne nous faut pour arriver à not' destination.

— Oui, mais pour en r'venir?

— Le ciel y pourvoira; d'ailleurs nous s'rons bien moins d' temps en chemin, puisque tu march'ras à mes côtés.

— Il se pourrait!

— Ma patronne m' l'a dit, ell' m'a répété ces mêmes paroles d' not' pasteur. Courage, ma fille!... Dieu vous approuve et vous protége!

— Eh ben! j' m'abandonne à lui, j' m'abandonne à toi! Remplis donc la mission que l' ciel t'a donnée; et puisque tu n'es pas effrayée de la longueur de la route...

— Du tout.

— Des obstacles sans nombre qu'il nous faudra surmonter...

— C' n'est rien.

— Des fatigues peut-êt' au-dessus d' tes forces...

— Oh! qu' non, j' viens d' faire une lieue en moins d' deux heures, et j' suis prête à r'commencer...

— Mais quand i' t' faudra gravir des collines?

— Eh ben! j' mettrai l' double de temps.

— Ça nous r'tiendra... un mois entier dans l' voyage.

— Oui, pour le moins.

— Et ça n' t'effraye pas?

— Non, puisque Dieu m'approuve et m' protége : allons, partons!

— Tu le veux.

— Plus que jamais.

— Geneviève !...

— Marcelin !...

— Embrassons-nous!

Ils se serrent dans les bras l'un de l'autre : la jeune fille s'attelle aux brancards du chariot, qu'elle traîne sur les côtés du grand chemin, évitant avec une adresse admirable le moindre cahot; et après deux heures de marche, elle atteint une petite hôtellerie à une lieue de Toury. Il était près de midi : le soleil dardait ses rayons brûlants, et nos voyageurs s'arrêtèrent à l'ombre des grands arbres qui bordent la route, où ils firent une halte devenue nécessaire. Geneviève, après avoir été chercher à l'hôtellerie de quoi se restaurer ainsi que son frère, l'enlève du chariot avec les précautions d'usage, le dépose auprès d'elle sur un tertre de gazon, et tous les deux ils font un repas modique, mais délicieux. Bientôt la fatigue et la chaleur provoquèrent la jeune fille à prendre un peu de repos. Elle s'endormit profondément, la main serrée dans celle de son frère, dont les regards attendris ne pouvaient se détourner de cet ange de patience et de bonté, qui lui sacrifiait son existence tout entière. Oh ! de combien d'actions de grâces il entourait la dormeuse ! Que de vœux il faisait pour que Dieu répandît sur elle toutes ses bénédictions !... Trois heures entières s'écoulent sans que Geneviève se réveille ; elle avait si grand besoin de reprendre ses forces, et la nature est si prévoyante !...

Enfin elle ouvre les yeux et se retrouve auprès de son cher jumeau. Elle se dispose à le replacer sur le chariot, lorsqu'un habitant d'Arthenay, passant sur la route, reconnaît le frère et la sœur, les aborde et leur exprime son étonnement de les voir à deux grandes lieues de leur village. Le paralytique l'instruit de tout, et Geneviève le charge d'apprendre au fermier chez lequel ils habitaient la résolution qu'elle a prise et l'espoir qu'elle a de ramener son frère au lieu qui les vit naître. L'habitant lui souhaite l'accomplissement de ses vœux, aide à la voyageuse à replacer Marcelin sur le chariot et les quitte en se promettant bien de répandre dans tout le pays l'héroïque dévouement dont il vient d'être le témoin.

Geneviève reprend sa marche, et, après quelques stations qu'elle est obligée de faire, elle arrive à l'entrée du gros village de Toury, vers le coucher du soleil. Elle quitte la grande route, entièrement pavée en cet endroit, prend dans la plaine du côté d'Outarville, et gagne un hameau où, moyennant chacun vingt sous, le frère et la sœur sont hébergés selon tous leurs désirs et leurs modestes habitudes.

Le lendemain, dès cinq heures du matin, le pauvre infirme est replacé sur son chariot pa sa sœur, aidée de ceux que surprend et touche son dévouement fraternel. Attelée de nouveau, et toujours évitant le moindre choc, elle rejoint la grande route qui conduit à Angerville, petite ville très-populeuse, à la porte de laquelle elle s'arrête vers le déclin du jour, afin d'éviter les cahots du pavé. Après s'être reposée quelques instants, elle tourne la ville à gauche et gagne dans la plaine le village de Domerville, où ils sont hébergés de la même manière que la veille. Dès que le jour luit, nos voyageurs se remettent en route : Geneviève avait projeté d'aller coucher à Etampes, et de parcourir dans sa journée quatre grandes lieues. Elles y parvint en effet, excédée de fatigue, et fut contrainte de séjourner avec son frère vingt-quatre heures dans cet endroit. Ils se logèrent au faubourg Saint-Martin, pour éviter la traverse de la ville, et se disposèrent ensuite à prendre un détour dans la campagne ; mais d'un côté coulait la petite rivière de l'*Alouette*, et de l'autre celle de la *Juine*. Il n'y avait d'autres ponts que ceux établis dans l'intérieur de la ville, dont la principale rue a trois quarts de lieue de long. Geneviève avoua qu'elle n'avait pas prévu cet obstacle, et se décida, pour le vaincre, à faire un sacrifice. Elle offrit trois francs à deux hommes de peine pour transporter son frère sur un brancard, d'une porte de la ville à l'autre, afin de le sauver des secousses inévitables du pavé. Son offre, faite avec franchise et d'un ton pénétrant, fut acceptée : elle marcha derrière les deux porteurs, traînant à vide le chariot; et après cinq ou six pauses que furent obligés de faire ces braves gens, ils aidèrent à la jeune fille à replacer son frère sur le frêle équipage, qu'elle roula toujours le long de la grande route d'Etréchy. Bientôt se présentèrent de nouveaux obstacles. Le chemin qui, depuis Arthenay, traverse la Beauce, est uni comme les vastes plaines qu'il parcourt. Aucune colline, aucun accident de terrain ne vient former sous les pas du voyageur le moindre monticule. Mais, d'Etampes à Paris, la route présente des montagnes escarpées et dont le trajet est long et pénible. Les chevaux les plus vigoureux ont de la peine à hisser dans cette partie du chemin les fardeaux qu'ils traînent après eux. Celui dont s'était chargée

Geneviève devint accablant. Obligée de s'arrêter souvent afin de reprendre haleine, elle ne put faire que très-peu de chemin; ses pieds s'écorchèrent au point qu'elle fut obligée de quitter ses chaussures; la sueur qui coulait de son visage inondait sa poitrine, et à chaque instant Marcelin lui criait : « Arrête !... arrête, j' t'en supplie ! j' n' saurais supporter l'accablement où j' te vois. » La jeune fille alors faisait halte; et trop essoufflée pour répondre à son frère, elle le rassurait par un doux sourire, et continuait sa route. Il lui fallut, à Arpajon, franchir une montagne assez rapide; une autre se présente à Lonjumeau, une autre à Bourg-la-Reine... Enfin, après douze jours de marche, ils arrivent au petit Montrouge, près Paris. Ils se logent dans une modeste auberge tenue par la veuve d'un officier d'artillerie, mort aux champs de Waterloo, femme d'une bonté parfaite, et qui ne put se défendre d'une vive émotion à la vue de cette jeune fille remplissant une aussi pénible mission. Geneviève la devina sans peine et lui confia que sa bricole de cuir lui avait meurtri le côté gauche, en hissant le chariot sur les montagnes qu'elle avait franchies depuis quelques jours ; elle osa lui demander quelques secours à l'insu de son frère, qui ne souffrirait pas qu'elle se remît en route s'il avait le moindre soupçon de sa blessure. L'hôtesse éprouva la plus touchante pitié, prodigua tous ses soins à la jeune fille, lui fit présent d'une bricole plus large et moins dure que celle qui l'avait blessée, et Geneviève, prétextant qu'elle éprouvait une lassitude bien naturelle, détermina son frère à rester quelques jours à l'auberge, en économisant le plus qu'ils pourraient; ils avaient déjà dépensé plus d'une pièce d'or, et n'étaient tout au plus qu'au tiers du voyage. Leurs craintes furent vaines; l'hôtesse ne voulut pas accepter un centime pour prix de leur séjour auprès d'elle, et, pressant dans ses bras la voyageuse avec un sentiment de respect et d'admiration, elle lui prédit qu'elle aurait la récompense de ses efforts généreux, car il fallait être inspirée par Dieu même pour entreprendre un aussi long pèlerinage. Celle-ci s'attela donc de nouveau au chariot fraternel, et portant la nouvelle bricole, elle parcourue, ainsi qu'on le lui avait indiqué, les boulevards neufs jusqu'à la barrière du Maine, longea le Champ-de-Mars, traversa la Seine dans une barque, gagna le chemin de la Révolte, et après deux ou trois lieues de circuit, et plusieurs repos indispensables, elle arriva, par la route de Saint-Ouen, à Saint-Denis, vers neuf heures du soir. Elle descendit dans un hôtel attenant à la porte de la ville, mais elle fut loin d'y trouver la même hospitalité qu'à la modeste auberge du petit Montrouge. A peine y achevait-elle un frugal repas, qu'elle fut accostée par de jeunes chasseurs, brillants étourdis de la capitale, qui la prirent pour une aventurière cherchant ainsi à exciter la pitié des sots, la curiosité des passants, et à lever un impôt sur la duperie et la crédulité.

Geneviève éprouvait une surprise en même temps une indignation qui la suffoquait au point d'en perdre la respiration. Elle ne répondit à ces outrages que par un silence dédaigneux. Mais il n'en fut pas de même de Marcelin : s'agitant sur son siége avec violence et s'adressant aux insolents qui osaient insulter sa sœur, il les traita de vils débauchés, de cœurs corrompus sur qui la vertu, même la plus admirable, n'avait aucun empire. « Misérables ! leur disait-il, la preuve la plus grande que j' suis infirme, c'est qu' je n' suis pas tombé sur vous. Ah ! si j'avais l'usage de mes jambes aussi ben que j' l'ai d' mes bras, j' vous aurais donné la l'çon qu' vous méritez ! » Cet élan du jeune charron ne fit qu'exciter le rire et les sarcasmes des jeunes fous qui jugeaient si mal la pauvre fille.

Enfin, malgré la fatigue qui l'accable, elle roule celui-ci dans la campagne à gauche, du côté des casernes, où, trouvant deux vieux platanes enlacés formant un dôme de verdure, elle propose à Marcelin d'y passer la nuit. Le ciel était pur et serein. Marcelin y consentit; et Geneviève, après une courte prière à sa patronne, s'étend entre les brancards du chariot, la tête appuyée sur le bout des pieds de son frère, et s'endort paisiblement, ainsi que lui, sous la garde de la sainte qu'elle avait invoquée, et tous les deux enlacés comme les arbres qui les abritent.

Au lever de l'aurore, ils regagnèrent la grande route de Saint-Brice, où ils n'arrivèrent qu'après trois grandes heures de marche, tant la chaleur était accablante, et le soir ils couchèrent à Moisselles, qui n'était plus qu'à trois lieues de Beaumont-sur-Oise. Ils comptaient bien y arriver le lendemain de bonne heure, le temps devenant nébuleux et les rayons du soleil ne dardant plus autant sur la terre; mais quand ils furent vis-à-vis de la forêt de l'Ile-Adam, près le village de Maffliers, il s'éleva tout-à-coup un orage violent dont les éclairs, sillonnant la surface des champs couverts de moissons, et dont les éclats, retentissant dans les vallées, rappelaient au pauvre paralytique le jour et l'heure où il avait été frappé de la foudre. Une terreur invincible s'empara de tous ses sens. Il eut, pour la première fois depuis son départ d'Arthenay, un accès cérébral qui lui fit perdre connaissance. Geneviève soutenait sa tête sur son sein et cherchait à calmer ses effrayantes convulsions par tous les moyens qui se trouvaient en son pouvoir. La foudre était menaçante; l'obscurité commençait à couvrir la surface de la terre, la pluie tombait par torrents. La pauvre fille s'inquiétait peu d'avoir ses vêtements transpercés; et couvrant de son corps celui de son malheureux frère, posant une main sur ses yeux pour qu'il ne fût pas ébloui par les éclairs, elle s'écrie : « Oh ! mon Dieu! vous n' m'avez pas permis de l' conduire jusqu'ici pour qu'il soit une seconde fois frappé d' la foudre. Ayez pitié d' lui!... Ayez pitié d' moi !... et, s'il faut qu'il périsse, ah! frappez-nous au moins tous les deux du même coup !... J' m'abandonne à vot' miséricorde... A peine a-t-elle prononcé ces paroles, que le tonnerre éclate et se perd dans l'immensité de l'horizon. Geneviève se relève, et convaincue que son frère n'a aucun mal, puisqu'elle vit encore, elle le rend à lui-même par ses soins, par ses caresses. Ils gagnent la ville de Beaumont vers dix heures du soir, s'arrêtent dans une modeste auberge, qui rappelait à Geneviève celle du petit Montrouge, où ils trouvent, en effet, tous les secours qu'exigeait leur position.

Marcelin, à qui sa sœur avait fait un abri de tout son corps, n'avait pas besoin de changer de vêtements; mais le spasme nerveux qu'il venait d'éprouver lui donnait une soif ardente qu'il était impossible d'apaiser. Ce fut le premier soin dont s'occupa sa tendre sœur. Mais bientôt la malheureuse est saisie d'un froid mortel occasionné par les habits mouillés dont elle était couverte. Un frisson involontaire, et qu'elle cherchait vainement à dissimuler, agite tous ses membres. La secousse violente qu'elle avait éprouvée pendant l'orage aggrave encore son état, et un accès de fièvre, accompagné d'un délire effrayant, atteint l'intrépide, l'infatigable voyageuse.

L'hôte et l'hôtesse, instruits par Marcelin de tout ce qu'elle avait fait et souffert pour lui, la traitèrent comme leur enfant bien-aimée. Mais il restait à la convalescente une si grande faiblesse dans les jambes, que, malgré l'ardent désir qu'elle avait de continuer sa route, elle fut forcée de rester trois jours entiers à l'auberge, où, quelques égards qu'on eût pour eux, le tiers d'une des pièces d'or qu'elle possédait fut employé pour payer leur dépense.

Ils se remettent donc en route de nouveau pour gagner Puiseux, Noailles et Beauvais, ce qui ne faisait tout au plus que la moitié de la course qu'ils avaient entreprise. Ils voyageaient depuis vingt-deux jours, et de cinq pièces d'or qu'avait Geneviève, près de trois se trouvaient dissipées. Il fallait donc redoubler à la fois d'économie et de courage pour ne pas tomber dans la nécessité d'implorer l'assistance des étrangers. Les deux jumeaux, tout pauvres qu'ils étaient, portaient une âme fière, élevée, et l'habitude de vivre du travail de leurs mains leur avait évité constamment l'humiliation de mendier.

Enfin les voilà parvenus à la moitié de ce long et pénible voyage ! Il faudrait un volume entier pour décrire tout ce que, de Beauvais à Boulogne-sur-Mer, il leur fallut éprouver de fatigues, d'obstacles, de souffrances, de privations. Qu'elles furent rudes à franchir les montagnes d'Abbeville et de Montreuil ! que de détours sans nombre ils furent forcés de prendre pour éviter la traversée des villes et le pavé des chemins creux ! Que de courage et de constance pour supporter la poussière des terrains sablonneux et l'ardeur d'un soleil dévorant, pour réparer les accidents qui survenaient au chariot fraternel, adoucir la vive douleur que faisait éprouver un cahot imprévu, endurer tantôt une soif ardente, tantôt une douloureuse courbature ; en un mot, tous les événements inséparables d'une aussi longue entreprise !... Mais rien ne pouvait arrêter l'élan sublime de Geneviève ni la faire changer de résolution, et lorsque Marcelin lui-même, désespérant d'arriver au terme de sa course laborieuse, invitait sa sœur à s'arrêter et à renoncer à son projet, elle ne répondait sans s'arrêter, qu'en répétant ces paroles devenues son oracle et son guide : « Courage, jeune fille !... Dieu vous approuve et vous protége. »

Elle avait commencé sa quarante-deuxième journée de marche, et des pièces d'or qu'elle possédait en quittant son village il ne lui restait plus qu'une pièce de quarante sous, lorsqu'en suivant les bords de la Liane, elle aperçut de loin le beffroi de Boulogne-sur-Mer. « Le voilà donc, dit-elle à son frère, le voilà, c' but tant désiré! encore deux heures de bricole, et nous s'rons arrivés où c' que m'avait prédit ma patronne ! »

Marcelin ne peut s'empêcher de partager

l'ivresse de sa sœur et d'avouer que leur arrivée lui semblait un miracle. « Mais, encore un' fois, n' va donc pas si vite ! s'écriait-il ; il n'est pas dix heures, à juger d'après l' soleil, et nous avons tout l' temps d'arriver. »

Geneviève, pour toute réponse, donnait un coup de collier de plus et marchait à grands pas, tant il lui tardait d'achever la mission dont Dieu l'avait chargée. Elle arrive, après une longue marche, aux portes de la ville, et s'informe quel est le chemin qu'elle doit prendre pour gagner l'établissement des bains sans avoir à franchir un sentier pavé. On lui indique les promenades publiques de la basse ville, et, après un détour assez long qui excite vivement son impatience, elle arrive à l'entrée du port, au bas d'une montagne escarpée, où plusieurs dames élégantes de différentes nations attendaient à l'ombre que le reflux de la mer éloignât les vagues du rivage pour se rendre à l'établissement des bains, situé à quelque distance de là. Cet imposant spectacle ravit les deux voyageurs. Geneviève surtout éprouvait un saisissement de joie qu'il serait difficile d'exprimer. Elle trouvait que cette mer immense, doucement agitée, lui rappelait les vastes plaines de la Beauce couvertes de moissons ondulantes. Elle adresse plusieurs questions aux personnes qui l'entourent, les unes avec intérêt, les autres avec curiosité. Chacun s'imagine que le paralytique est amené de la sorte, par la jeune fille, d'un village des environs; mais Marcelin, se découvrant avec respect et leur désignant sa sœur, dont il prend la main, divulgue tout ce qu'elle a fait pour lui. C'est en vain que celle-ci lui serre le bout de ses doigts pour l'empêcher de parler, la reconnaisance est sourde à la voix de la modestie, et la fille de basse-cour d'Arthenay paraît un ange descendu sur la terre; on l'environne d'hommages, on la conduit en triomphe à l'établissement des bains, où bientôt se répand le dévouement le plus admirable que jamais eût inspiré l'amour fraternel.

Le fondateur de ce bel établisssement, homme aussi distingué par les qualités de l'âme que par la grâce et les manières que donne le grand usage du monde, accueillit les jumeaux de la Beauce avec cette bonté franche et cet élan du cœur qui le caractérisent. Et, quand il apprit de la bouche naïve de Geneviève qu'il ne leur restait plus que quarante sous des cinq pièces d'or qu'ils avaient en partant, il les rassura par les plus touchantes paroles, redoubla pour eux d'égards, de tendres soins, les traita comme s'ils eussent été favorisés du rang et de l'opulence. Eh ! quel rang pouvait éclipser celui que venait de prendre Geneviève parmi les femmes célèbres ? Dès le jour même, Marcelin fut remis, avec la recommandation la plus vive, aux deux plus habiles baigneurs ; ils lui firent prendre ses premières douches en le portant sur leurs bras et le plongeant dans la mer la tête la première ; Geneviève le suivait des yeux sur la terrasse de l'établissement, et regrettait que son sexe ne lui permît pas de l'accompagner. Ils occupèrent un logement commode, reçurent une nourriture saine, abondante, en un mot tout ce qui leur était nécessaire en linge, vêtements, etc. Car le petit paquet que la jeune fille avait placé sur le chariot derrière son frère ne contenait qu'un habillement à l'usage des Beauceronnes, qu'elle porta constamment, et quelques chemises et mouchoirs pour changer dans le voyage. La chaleur de la saison et l'exercice forcé qu'avait fait Geneviève pendant quarante-deux jours rendaient presque indispensables les dons qu'on lui offrit à Boulogne.

Au bout de huit à dix bains, Marcelin sentit aux pieds une vive démangeaison qui lui remontait jusqu'aux genoux. Le médecin de l'établissement l'en félicita, lui assurant que c'était un sûr indice de guérison. Oh ! que cette prédiction fit tressaillir Geneviève ! combien elle se félicita de son courage et de sa persévérance ! Marcelin lui-même ne pouvait dissimuler toute sa joie. Avec quelle assiduité, avec quel empressement il se faisait plonger dans la mer ! Chaque jour, en effet, il ressentait un changement remarquable dans tout son être. Tantôt il remuait le gros doigt du pied, tantôt il soulevait un peu la jambe, tantôt il retrouvait l'articulation de ses genoux. Bientôt, enfin, il fut en état de marcher avec deux béquilles. Les premiers pas qu'il fit, il les dirigea vers sa sœur, qui, ravie, extasiée, lui tendait les bras comme une mère à son enfant qui essaye le premier pas, et lui disait : « Viens, frère !... viens à moi !... allons, du courage !... encore qué qu' pas !... » Et, en achevant ces mots, elle se reculait pour forcer le cher convalescent à prendre le plus d'exercice possible, et finissait par le recevoir dans ses bras. Tous les deux alors confondaient ensemble mille actions de grâces et les plus tendres caresses.

Le spasme nerveux qui tant de fois s'était porté douloureusement au cerveau se dissipait également par degrés. Geneviève commençait à rouler son frère sur le pavé sans qu'il éprouvât la moindre souffrance; mais il ne voulait plus qu'elle prît cette peine : il marchait maintenant à l'aide de ses deux béquilles; il en était si fier et si ravi, qu'il regardait comme une humiliation de reprendre place sur le chariot. Au bout d'un mois, en effet, il ne marcha plus qu'à l'aide d'une petite béquille à la main, mais avec le bras de sa sœur, enchantée de ce qu'il eût encore besoin d'elle. Notre héroïne avait appris qu'il y avait à l'église de la ville basse une vieille statue de sainte Geneviève; elle y conduisit son frère faire avec elle une prière à sa patronne. De là les deux jumeaux parcoururent les rues les plus fréquentées de Boulogne, où chaque passant les saluait avec un respectueux intérêt. Chacun les désignait du doigt. Les jeunes filles surtout attachaient sur Geneviève des regards avides, et partout ils entendaient dire sur leur passage : « Ce sont les jumeaux de la Beauce. » Entraient-ils dans une boutique pour faire quelques emplettes indispensables qu'ils se disposaient à payer avec le peu d'argent qu'ils avaient été forcés d'emprunter à l'établissement, aucun marchand ne voulait accepter un centime. On eût dit que le frère et la sœur étaient les enfants adoptifs de tous les habitants de la ville.

Le mois de septembre s'écoulait et l'équinoxe allait terminer la saison des bains de mer. Geneviève et Marcelin se disposèrent donc à retourner au village d'où ils étaient partis ; déjà même ils avaient tout préparé pour leur départ, et se proposaient de faire la route à pied, tant Marcelin avait retrouvé de force et d'agilité : ils prièrent l'honorable propriétaire de l'établissement de leur avancer quelques pièces d'or, sous la promesse de les restituer le plus tôt possible... Mais ils ne prévoyaient pas ce que leur préparait l'intérêt général qu'ils avaient inspiré. La veille du jour fixé pour leur départ, la jeunesse de Boulogne, composée de toutes les classes du peuple, envoie auprès de Geneviève Asselin une députation nombreuse qui lui déclare qu'elle ne peut quitter la ville sans recevoir le tribut que mérite son dévouement fraternel ; qu'en conséquence elle ait à se tenir prête pour assister le lendemain, avec son frère, au banquet civique qui leur serait préparé. La jeune fille croit rêver et ne peut concevoir que, dans son état obscur, elle peut obtenir de pareils honneurs, qui n'appartiennent qu'aux personnes d'un rang élevé ; mais on lui dit que c'est justement son obscurité qui la rend si grande et si digne d'être honorée. En effet, le lendemain, six jeunes demoiselles viennent prendre les jumeaux de la Beauce dans deux voitures et les conduisent au Tivoli, sous les remparts de la haute ville, où tout était disposé pour fêter la vertu la plus pure et la plus constante. La simple et timide Beauceronne, sous ses habits de village, y fut couronnée de roses blanches; et, à la fin du repas, l'interprète des jeunes filles de Boulogne lui remit une bourse contenant cinquante pièces d'or, en lui disant que lorsqu'on savait, comme elle, honorer son sexe, on trouvait partout des sœurs heureuses et fières d'admettre un aussi rare modèle au partage de leurs économies. Geneviève hésite et n'ose accepter une somme qu'elle n'avait jamais cru pouvoir posséder de sa vie; mais il lui fallut céder aux instances, aux éloges dont elle était accablée. Son premier soin fut de s'acquitter à l'établissement des bains : mais elle éprouva que là où s'exerce une aussi noble hospitalité, le plus doux et l'unique salaire c'est la guérison des indigents qui s'y présentent. D'après l'avis du médecin, Marcelin ne fit point la route à pied, ce qui pouvait épuiser ses forces, trop nouvelles encore. Il prit place, avec Geneviève, dans l'intérieur d'une diligence, et, après avoir exprimé toute leur gratitude à ceux qui les avaient secourus et comblés de bonté, ils gagnèrent Paris, qu'ils avaient tourné si péniblement, emportant avec eux le chariot précieux, et séjournèrent quelques jours dans la capitale. En traversant le petit Montrouge, ils visitèrent l'excellente hôtesse qui avait soigné la blessure que Geneviève s'était faite, et, profitant d'une voiture de renvoi qui faisait route vers Orléans, ils arrivèrent un samedi soir à Toury, où ils passèrent la nuit, pour faire, le lendemain dimanche, leur entrée triomphante à Arthenay, au moment de l'office divin. On se doute bien qu'en passant devant l'ancienne chapelle de sainte Geneviève, ils rendirent leurs actions de grâces à la patronne de Paris.

Vers dix heures, au moment où tous les habitants du gros village d'Arthenay se rendaient au temple, ils aperçoivent sur la place Asselin roulant à son tour sa sœur Geneviève dans le chariot, et l'amenant couronnée de fleurs, épanouie de joie, au milieu des acclamations de toute la population de son village. Le curé, qu'on instruit de cet heureux retour, veut que la jeune fille soit amenée par son frère jusqu'au pied de l'autel; et là, après une exhortation touchante sur l'amour fraternel et la charité chrétienne, il bénit de nouveau

Geneviève, l'offre pour modèle à toutes les jeunes filles qui l'entourent, et lui dit d'une voix altérée par la vive émotion qu'il éprouve : « Je vous le disais bien, ma fille, que Dieu vous approuvait et vous protégeait... Ce n'est, en effet, que par une inspiration divine qu'on peut faire un pareil trait de vertu. Le vôtre vivra d'âge en âge, et prouvera que, dans toutes les classes du peuple, on a le droit d'attacher à son nom un cher et honorable souvenir. »

LA CHARRETTE A BRAS.

Il n'est point de service rendu, le plus simple en apparence, dont on ne reçoive tôt ou tard un retour favorable. *Aide, tu seras aidé*, nous dit le proverbe. Eh! quand bien même une bonne action resterait sans récompense, le doux souvenir qu'elle grave dans notre âme en devient le véritable salaire.

Le fait que je vais raconter s'est passé sous mes yeux, il y a peu de temps, je désire que le récit fidèle que je vais en faire au lecteur fasse éprouver la vive émotion que j'ai ressentie lorsqu'un heureux hasard m'a permis d'en être le témoin.

Convalescent d'une maladie qui m'avait retenu chez moi pendant trois semaines, j'étais allé respirer l'air au bois de Boulogne. La douce température du printemps et l'aspect ravissant de la première verdure m'inspirèrent le désir de parcourir à pied une partie de l'avenue qui conduit de l'Arc-de-Triomphe à la porte Maillot. Je fus bientôt rejoint, dans ma marche, par une trentaine d'élèves d'une institution renommée dans Paris, conduits à la promenade par leur répétiteur. Parmi ces adolescents était le petit-fils d'un de mes confrères, artiste célèbre, membre de la Société académique des Enfants d'Apollon. Ce jeune homme me reconnut et je me vis bientôt entouré de cette jeunesse brillante qui m'est si chère.

J'avais parcouru avec les lycéens à peu près la moitié de la montée assez escarpée qui prend de la porte Maillot jusqu'à l'Arc-de-Triomphe. Plusieurs d'entre eux m'escortèrent jusqu'à la voiture de place, dont le cocher m'ouvrait déjà la portière, lorsque, sur le milieu du chemin, s'arrêta près de nous une petite charrette à bras chargée de légumes, traînée par une femme de forte encolure, escortée d'une jeune fille d'environ quatorze ans, attelée, ainsi que sa mère, par une sangle qui leur barrait la poitrine. Toutes les deux étaient couvertes de sueur, et le sang qui leur montait au visage annonçait clairement les efforts qu'elles faisaient pour traîner leur pénible fardeau. « Ouf! j' n'en peux plus, disait la mère. — Et moi j' respire à peine, répliquait la pauvre enfant. — Pourquoi tirer si fort, ma p'tite Laurette? — Pour vous soulager, quoi donc : quand j' vois la sueur couler sur vot' visage, ça m' fend l' cœur. — Et crois-tu que lorsque j' la vois ruisseler sur ton jeune front je n' souffre pas autant qu' toi?... J'avais bien raison d' dire à ton père qu'il nous donnait une charge trop lourde à traîner. Si c' n'était qu' les laitues, les épinards et l'oseille, ça s' roule aisément, mais ces pommes de terre et ces chiennes de carottes, c'est assommant. — Dame, aussi c' qu'est dans la primeur se vend l' double, et nous avons besoin d' faire d' largent pour payer not' location. — En c' cas, ma mère, r'doublons d' courage, et nous r'prendrons encore haleine au bout d' la montée. — Mais c'est à condition qu' tu n' feras pas d'aussi grands efforts; ça m' coupe la respiration. »

La mère et la fille se disposent donc à s'élancer de nouveau sur la route escarpée, lorsqu'elles sont tout-à-coup arrêtées, entourées par les jeunes lycéens, qui s'offrent d'une voix unanime à les remplacer et à traîner la charrette de légumes jusqu'à l'Arc-de-Triomphe. Ils en demandent l'autorisation à leur surveillant, qui les approuve. Aussitôt l'un s'attelle au brancard, à la place de la mère, l'autre s'empare de la sangle qui ceint la jeune fille; plusieurs poussent la roue par derrière, tandis que la pauvre femme et son enfant suivent ce groupe curieux et ravissant en s'écriant : « Oh! les bons, les braves jeunes gens! que Dieu les récompense! »

Je ne pus résister au plaisir de les suivre de vue jusqu'à la barrière de Neuilly, où je les vis s'arrêter; ils remirent la charrette à celles dont ils avaient adouci la peine et calmé la souffrance, en leur disant : « Maintenant la route descend insensiblement jusqu'à la place de la Concorde, et vous pourrez gagner aisément votre destination. — C'est au marché de la Madeleine, leur dit la mère, à peu de distance de la place, que nous allons ordinairement vendre nos denrées; notre course sera facile à faire. » Puis, pressant dans ses mains celles du lycéen qui s'était attelé au brancard de la charrette, elle ajoutait avec l'élan d'un cœur reconnaissant : J' n'oublierons de la vie, ma fille et moi, c' que vous avez fait pour nous. — Vous v'nez d' nous prouver, mes bons messieurs, ajoute la petite, non moins émue que sa mère, qu'un peu d'aide fait grand bien. »

Quelques semaines après cet intéressant épisode, les lycéens, dans leur promenade accoutumée, rencontrent de nouveau la paysanne et sa fille, toutes deux attelées à leur charrette, comme le jour où ils les avaient si complaisamment aidées. Mais cette fois, leur charge n'était composée que de légumes légers; aussi traînaient-elles lestement leur fardeau, et sur leurs visages frais et riants ne paraissait pas la moindre trace de fatigue. Elles reconnurent aussitôt les jeunes gens, les abordèrent avec empressement, et leur renouvelèrent avec un accent de franchise et de bonhomie l'expression de leur gratitude.

Le vif intérêt que faisait naître l'air ouvert de la bonne femme et la grâce naïve de Laurette inspire aux généreux enfants le désir de les connaître, de savoir le lieu qu'elles habitent, de s'assurer, en un mot, de leurs moyens d'existence. « Mon mari, leur répond la mère, se nomme Georges Marcel, ancien militaire blessé, n'ayant pu, l' cher homme, obtenir qu'une pension d' deux cents francs, vu qu'il lui manquait qu'qu' mois de services. C'est la loi! que voulez-vous! faut bien s'y soumettre... Deux cents francs par an, pour nourrir sa femme et trois enfants, c'est un peu mince; heureusement, mon bon Georges, encore plein d' force et d'adresse au travail, se r'souvint d' son ancien état d' maraîcher. J' louons deux arpents d' terre sur les bords d' la Seine, près le château de Bagatelle; j'y faisons construire en terre une cahute, qu' nous habitons avec nos enfants; j'y sommes un peu serrés, mais c'est égal, mon mari cultive lui seul not' terrain, qu' nous arrosons, ma fille et moi, tandis que mes deux p'tits garçons, d' sept et huit ans, arrachent les mauvaises herbes. Dieu aidant, nous gagnons gentiment not' vie; depuis qu'qu' temps même, not' loyer payé régulièrement tous les trois mois, il nous reste qu'qu' pièces de cinq francs que nous amassons avec grand soin, dans l'espoir d'acheter un âne pour traîner not' charrette, c' qui nous donnera l' moyen, à Laurette et à moi, d' voiturer nos denrées avec plus de promptitude et moins de fatigue. »

Ce récit intéressa vivement les jeunes élèves ; ils offrirent à la femme Marcel et à sa fille de se cotiser pour leur procurer au plus tôt l'âne qu'elles désiraient, et qui devait les soulager dans leur travail.

« Oh ! grand merci, mes bons messieurs ! leur répondit la jeune Laurette, mon père n'accepte rien qui ne soit bien gagné. Ces vieux militaires sont d'une fierté ! — Je n' vous r'mercions pas moins d' votre offre généreuse, ajoute la mère, rien d' vous ne nous surprend, messieurs, depuis qu' vous vous êtes at'lés à not' charrette, et ça jusqu'à l'Arc-de-Triomphe, au su et au vu de tant d' personnes qui partageaient not' surprise et not' admiration. Ce sont là d' ces choses, voyez-vous, qu'on garde gravées dans son cœur : aussi je demande tous les matins à Dieu d' nous procurer l'occasion de nous acquitter envers vous. »

Les vœux de cette excellente femme ne tardèrent pas à s'accomplir, et j'éprouve à mon tour, mes chers amis, un grand plaisir à vous répéter le récit touchant qui me fut fait par le jeune Arthur D..., que je rencontre assez souvent dans les cercles que je fréquente.

Quelques semaines après la dernière rencontre qui avait eu lieu entre les lycéens et les deux villageoises, la troupe joyeuse, toujours sous l'égide d'un répétiteur, avait gagné la porte Maillot et s'était arrêtée au rond-point de l'avenue qui conduit à Bagatelle pour se livrer à ses jeux accoutumés. L'habit bas, la tête nue et le mouchoir serré autour des reins, chaque élève faisait assaut de force et d'agilité. On s'exerça tour à tour à la grande barre, aux prisonniers, à la course réglée et au cheval fondu. Ce dernier jeu surtout exige une grande vigueur, une grande souplesse dans les bras : il s'agit de sauter par-dessus deux, et souvent trois camarades, le dos courbé et la tête penchée vers la terre, en appuyant une seule fois les mains sur le rival placé en avant, et de franchir les deux autres, sans les toucher en aucune manière.

Léon Dorval, remarquable par sa force et son agilité, avait souvent parcouru cet espace redoutable avec succès; mais, soit qu'il n'eût pas pris un élan suffisant, soit que ses camarades fussent trop écartés les uns des autres, ou leur dos trop bombé, il heurta le dernier avec violence, et alla tomber la face contre terre, à dix pas du but. Un rire inextinguible éclata parmi tous les élèves : chacun d'eux se réjouit de la défaite d'un rival redoutable qui tant de fois avait été leur vainqueur... Mais bientôt les rires cessent, et l'inquiétude succède à la joie, lorsqu'on s'aperçoit que Léon reste immobile à l'endroit où il est tombé. On le relève, il est évanoui; le sang ruisselle de son front. On court chercher des spiritueux et de l'eau fraîche à un café voisin : rien ne peut arrêter l'hémorragie. La terreur s'empare de tous les esprits. Le répétiteur lui-même perd la tête, et craint pour les jours d'un jeune homme confié à sa garde. Il soulève Léon dans ses bras, lui faisant sur sa blessure une compresse de son mouchoir, mais, voyant que le sang coule avec la même abondance, et que les traits du blessé s'altèrent, il appelle au secours et prie surtout qu'on lui procure une voiture... En ce moment sortent de l'allée de Bagatelle la femme Marcel et sa fille, attelées à leur petite voiture. Elles s'arrêtent, quittent leur bricole de sangle, reconnaissent leurs chers lycéens, s'élancent parmi eux et s'écrient toutes les deux à l'aspect du blessé : « C'est lui qui s'était at'lé à not' charrette ! — O mon Dieu ! dit la mère avec expression, fais qu'elle nous serve à l' sauver ! — Permets, juste ciel, ajoute la jeune fille, qu' nous ayons le bonheur de lui prouver à not' tour qu'un peu d'aide fait grand bien. » A ces mots, elles enlèvent dans leurs bras Léon, dont elles compriment de nouveau la blessure avec force pour arrêter l'effusion du sang, et le placent doucement sur les herbages dont leur charrette est remplie. « Nos laitues s'ront brisées, dit Laurette en déposant dessus le blessé : mais jamais nos denrées ne nous auront fait autant de profit. — N' perdons pas un instant, ajoute la mère, et traînons-le de suite à Neuilly ; cinq cents pas d'ici tout au plus en traversant le bois, j' connais ça, laissez-moi faire. J'y trouv'rons un habile méd'cin à qui j' dois la vie, et qui s'empressera d' porter au cher blessé les premiers s'cours. » En achevant ces mots, elle s'attelle de nouveau à sa charrette, ainsi que sa fille, et dit aux jeunes lycéens qui l'entourent : « Vous allez pousser à la roue, vous autres, et sous dix minutes j' sommes rendus chez le docteur. » On devine sans peine avec quelle promptitude la charrette à bras fut roulée à sa destination. Le médecin justement venait de rentrer chez lui. Il fait déposer sur un lit de repos le lycéen toujours évanoui. Il examine sa blessure, et reconnait que la veine artérielle du front se trouvant attaquée, l'hémorragie causerait la mort si l'on ne parvenait pas à l'arrêter. Il employa aussitôt toutes les ressources de son art, et réussit à diminuer l'effusion du sang, en s'écriant avec joie : « Maintenant je réponds de ses jours ; mais, une heure de retard, il était perdu. — Oh ! ma petite charrette, que tu m' deviens chère ! dit la femme Marcel, j' te conserverai toute ma vie. — Et moi après vous, ma mère, ajouta Laurette, ça s'ra un monument dans not' famille. »

Bientôt Léon reprit ses sens, et se trouvant

la tête appuyée sur la poitrine de la femme Marcel, pleurant de joie et le couvrant de baisers, il devina sans peine les secours empressés qu'il en avait reçus et dont chacun lui fit le récit fidèle. Il exigea que cette digne femme l'accompagnât, ainsi que sa fille, chez sa mère, veuve d'un capitaine d'artillerie, demeurant à Paris, rue de la Ferme-des-Mathurins, près de la Madeleine. « C'est justement, dit la maraîchère, tout à côté du carrefour où nous déchargeons not' marchandise ; mais ce n' s'ra pas pour aujourd'hui, vu qu' nos laitues froissées n' sont plus présentables, le ciel en soit béni ! — Je vous ferai reconduire ce soir même, dit le médecin, votre charrette à bras par mon jardinier, et je vous accompagne à la demeure du blessé.

On fit avancer une bonne voiture de place, où Léon Dorval monta, soutenu par le docteur. La mère Marcel et Laurette occupèrent le devant, et l'ordre ayant été donné au cocher de n'aller qu'au pas, afin d'éviter au blessé de fortes secousses, les lycéens escortèrent leur camarade jusqu'à la place de la Concorde, et ne s'en séparèrent que sur l'assurance donnée par le médecin que, l'hémorragie étant entièrement arrêtée, il n'y avait plus aucun danger.

Il serait difficile de décrire le saisissement et l'émotion de madame Dorval en apprenant tout ce qui s'était passé. Après avoir témoigné sa reconnaissance au docteur, elle pressait dans ses bras la mère et la fille, et leur répétait : « Excellents cœurs, parfaites créatures, sans vous je n'aurais plus le bonheur d'être mère ; sans vous, le reste de ma vie n'eût été qu'une souffrance continuelle et qu'un affreux néant. » Elle voulut, à ces mots, leur offrir une récompense méritée, et, tirant de son secrétaire une bourse contenant cinquante pièces d'or, elle leur dit : « Acceptez, et croyez que je resterai toujours votre débitrice. — Gardez votre or, lui répond la mère Marcel, j' n'obligeons jamais par intérêt ; et d'ailleurs, j' n'ons fait qu' nous acquitter avec vot' cher enfant. — J' serions joliment r'çues d' mon père, ajoute Laurette, si nous osions lui r'mettre une pareille bourse, i' n'accepte jamais, lui, qu' l'argent qu'il gagne à la sueur de son front. » Madame Dorval voulut en vain insister, la mère et la fille furent inflexibles. « Et vos laitues que j'ai froissées, dit à son tour Léon, partageant la surprise des assistants, et vos légumes, fruit de votre travail et votre unique soutien, que j'ai pilés, mis hors d'état de vente, d'après votre propre aveu ? est-il juste que vous supportiez une pareille perte ? — Oh ! pour c' qu'est d' ça, je n' dis pas non, réplique la maraîchère ; faut qu' chacun vive de son travail. J' pouvions avoir, dans not' charge, pour huit ou dix francs d' marchandises ; r'mettez-nous deux pièces de cent sous, et nous v'là quittes. — Je ne puis jamais l'être avec vous, répliqua vivement madame Dorval en leur remettant cette modique somme, mais nous nous reverrons. — Pas plus tard qu'après-demain, répond la mère Marcel ; j' venons au marché tous les deux jours, et vous sentez ben qu'i nous s'rait impossible d'être à la porte du chèr blessé sans avoir de ses nouvelles, qui, grâce à Dieu, seront meilleures de jour en jour... Au r'voir, ma bonne dame ! — Au revoir, mes dignes, mes excellentes amies ! »

Le surlendemain, la maraîchère et sa fille

roulèrent, comme de coutume, leur charrette à bras auprès du marché de la Madeleine, et firent une vente profitable par quelques primeurs qu'elles avaient apportées. Elles s'empressèrent d'aller s'informer de l'état de santé de Léon Dorval, qu'elles trouvèrent affaibli par le sang qu'il avait perdu ; mais son état n'offrait plus la moindre inquiétude. Elles furent accueillies par la mère et le fils avec le même intérêt, le même empressement. C'était vers les onze heures, moment de la journée où madame Dorval faisait son premier repas. « Soyez les bienvenues, mes bonnes amies, leur dit-elle avec l'épanchement d'un cœur maternel, vous allez déjeuner avec moi. » Laurette jette sur sa mère un regard qui lui dit qu'elle a grand' faim ; et celle-ci de s'écrier aussitôt : « Not' homme nous a défendu de r'cevoir de l'or, et il a ben raison, mais un déjeuner offert de si bon cœur, je n'ons pas l' courage d' le r'fuser. » Le repas, comme on se l'imagine, fut aussi joyeux qu'expansif. La mère Marcel ne tarissait pas en récits sur le courage et l'habileté de son mari, sur le bonheur qu'ils goûtaient dans leur humble cahute avec leurs trois enfants, et sur leurs projets de s'agrandir. Léon, de son côté, excitait la jeune Laurette à raconter le plaisir qu'elle éprouvait à seconder ses parents dans leurs travaux, et surtout à se procurer, par ses petites économies, un gentil accoutrement pour aller le dimanche à la messe. Madame Dorval et son fils, qui avaient leur dessein, prolongeaient, excitaient la conversation au point que deux heures vinrent à sonner à la pendule. « Comme le temps s'écoule vite en jasant ! dit la mère Marcel ; nous n' serons pas rendues chez nous avant trois heures et demie. — Et mon père nous grond'ra beaucoup, ajouta Laurette, car après avoir roulé not' charrette pendant cinq grands quarts de lieue, j' n'aurai pas la force d' l'aider à arroser nos primeurs qu'il soigne tant ! ».

La mère et la fille prennent donc congé de madame Dorval et de son fils et s'empressent d'aller retrouver leur charrette, pour regagner leur habitation près de Bagatelle... Mais quelle est leur surprise, en la voyant attelée d'un cheval de moyen âge et d'une assez forte encolure, enharnaché tout à neuf, et hennissant déjà d'impatience de conduire ses nouvelles maîtresses à leur habitation. Un marchepied avait été posé à l'un des brancards; une banquette, bourrée en crin, placée sur le devant, était prête à recevoir la mère et la fille, et derrière la banquette se trouvait la provision du cheval pour huit jours, en foin, paille et avoine. « Tous les samedis, vous recevrez pareille provision, dit aux deux villageoises madame Dorval, qui marchait sur leurs pas avec son fils; vous ne pouvez me refuser le bonheur de vous faire dire à mon tour : *Un peu d'aide fait grand bien.* »

L'excellente femme n'eut pas la force de refuser un don fait avec tant de délicatesse. Après avoir remercié madame Dorval, dont elle pressa les mains sur son cœur, et Léon qu'elle embrassa, elle monta avec sa fille sur la banquette, prit les rênes du cheval des mains du domestique qui l'avait attelé à la charrette, et gagna sa demeure, où elle raconta, encore tout émue, ce qui s'était passé. Georges Marcel, malgré toute sa fierté, ne put lui-même s'empêcher d'avouer qu'il était difficile de refuser un pareil don. Il alla, dès le lendemain, remercier madame Dorval et son fils, auxquels il fit offrir, tous les samedis, les prémices de sa culture. Les transports faits par le cheval devenant plus importants, on loua deux arpents de terre de plus, et des hommes de journée pour les cultiver, ce qui procura bientôt une vente, chaque matin, au marché de la Madeleine. Insensiblement les profits augmentèrent au point qu'on acheta le terrain où l'on avait construit en terre la cahute, qui fut rebâtie en maçonnerie, mais plus spacieuse et plus commode, avec une écurie pour le cheval, une serre pour les primeurs. Enfin, au bout de quelques années, Georges Marcel se trouva propriétaire des quatre arpents de terre qu'il cultivait toujours avec ses deux fils, devenus grands; on le désignait alors comme le maraicher le plus en vogue du canton.

FIN.

Limoges. — Imp. E. ARDANT et Cie.

www.ingramcontent.com/pod-product-compliance
Ingram Content Group UK Ltd.
Pitfield, Milton Keynes, MK11 3LW, UK
UKHW021151220726
13924UKWH00003B/1112

9 782019 214531